THÉATRE
DE SÉRAPHIN.

DIALOGUE VII.

Le Bucheron.

LA MAMAN.

ALLONS, mes enfans, je suis convenue avec vous, de vous entretenir aujourd'hui du théâtre de Séraphin, et je vais vous tenir parole : vous rappelez - vous de ce que représente cette figure ?

HENRI.

Oui, maman ; c'est un bucheron qui, en voulant couper une branche d'arbre, s'est laissé tomber par terre.

CHARLES.

On voit encore la branche qu'il tient dans sa main.

SOPHIE.

Tu as raison, mon frère, et on s'aperçoit à la mine que fait cet homme en tombant, qu'il a peur de mourir de sa chute.

LA MAMAN.

Il a bien raison d'être effrayé, car l'endroit où il étoit placé, est très-élevé.

HENRI.

Encore c'est qu'il va tomber sur la tête : cela me fait frémir.

CHARLES.

Et sa serpe donc, qui

va peut-être lui couper
le bras, car il la tient
encore.

SOPHIE.

Mais il ne faut pas
perdre de vue que tout
ceci n'est qu'une fic-
tion.

LA MAMAN.

Oui, mais cette fiction n'en a pas moins un but; elle prouve qu'il y a des gens dont l'esprit est extrêmement bor- né; que cet homme a fait une très - grande faute de raisonnement, en appuyant son échelle sur une branche d'arbre qu'il vouloit couper; et quoiqu'une balourdise de cette espèce puisse ne pas paroître croyable, il est certain qu'on a vu dans tous les temps et dans tous les pays, des hommes qui ont fait preuve d'une assez grande stupidité, pour qu'on les soupçonne capables de tomber dans la même méprise.

HENRI.

Maman, la gravure

suivante nous fait voir
la femme de ce malheu-
reux bucheron , qui
vient à son secours. Bon
Dieu ! comme il paroît
souffrir ! Elle aura bien
de la peine à le rappe-
ler à la vie.

SOPHIE.

Mais souviens - toi
donc, mon frère, qu'au

théâtre on le transporte chez lui, et que là un médecin vient lui administrer des secours.

CHARLES.

C'est vrai, on le panse de ses blessures ; mais malheureusement sa femme laisse à sa portée un broc de vin, et la première chose qu'il fait après le pansement, c'est de l'avaler tout entier, en feignant de croire que c'est de la ti-sanne.

LA MAMAN.

Voilà encore ce qui prouve la stupidité de cet homme; car il doit bien savoir qu'après une chute, comme celle qu'il vient de faire, il ne faut pas qu'il s'enflamme le sang, par l'abus du vin, lorsqu'il est agité surtout par la douleur que doit causer un accident aussi grave. Les ouvriers croient, en général, qu'ils sont sauvés dans leurs maladies, s'ils peuvent se procurer cette boisson : c'est leur remède universel; mais ils se trompent grossièrement; il y a très - peu d'indispositions où l'usage de cette liqueur puisse être salutaire; et c'est un grand service à rendre aux gens du peuple, que de les désabuser de cette erreur.

CHARLES.

Il me semble, maman, pour en revenir à la chute de ce bucheron, que, si j'étois chargé de tailler ou d'émonder des arbres, et qu'il me fallût employer pour cela une échelle, ce que je ne croyois pas nécessaire, parce que j'ai vu faire cette opération sur les boulevards, par des hommes qui se conten-toient de gravir, j'aurois soin d'assujettir mon é-chelle avec des cordes au tronc de l'arbre, ou à quelque forte branche, de sorte que si celle que je coupois me faisoit courir le risque d'être entraîné avec elle, l'échelle me retiendroit.

LA MAMAN.

Vous auriez raison ; mais les ouvriers sont tous imprudens : ils ne voient le danger que quand le mal est arrivé. Une foule d'artisans périssent faute de précautions, dans les différens genres de professions qu'ils exercent , telles que celles de charpentier , de maçon , de couvreur : combien n'a-t-on pas vu aussi de charretiers estropiés , pour avoir tombé de leurs voitures, soit dans l'état d'ivresse, soit dans celui du sommeil ; l'exemple de leurs camarades tués ou blessés de cette manière ne les corrige pas. Mais c'est assez parler de ce sujet, nous allons passer à la mythologie, et demain nous serons plus en état de discourir sur Orphée aux enfers, qui fait le sujet de la figure suivante.

Charrette qui a ramené le malade.

DIALOGUE VIII.

Orphée aux enfers.

HENRI.

JE reconnois la scène d'Orphée telle que je l'ai vue aux Ombres Chinoises. Voilà bien le mari d'Eurydice qui veut charmer, avec le

son de sa vielle, Cerbè-
re, auquel la garde des
enfers est confiée.

SOPHIE.

Mais j'ai vu dans la
fable, qu'Orphée avoit
une lyre, et non une
vielle.

LA MAMAN.

Vous avez raison: la

vielle est un intrument moderne, qui étoit absolument ignoré en Grèce, où la fable d'Orphée a pris naissance; et ce n'est que par une espèce de parodie, qu'on l'a introduite sur le théâtre des Ombres Chinoises. Orphée n'a jamais eu qu'une lyre ou un luth, dont il jouoit si bien que, suivant la mythologie, les arbres et les rochers le suivoient, et que les vents se taisoient pour l'entendre.

CHARLES.

Mais, maman, puisqu'Eurydice étoit la femme d'Orphée, pourquoi n'a-t-on pas mis dans la bouche de ce célèbre musicien cette fameuse complainte, que j'ai entendu quelquefois chanter, au lieu de dire : *Rendez-moi ma petite femme, monsieur, rendez-moi ma petite femme.*

HENRI.

Oui, tu as raison, c'eût été plus touchant.

Je crois que je m'en souviens ; je vais la chanter :

J'ai perdu mon Eurydice,
Rien n'égale mon malheur:
Sort cruel , quelle rigueur !
Je succombe à ma douleur.
Eurydice ! Eurydice !
Réponds ! quel supplice !
Réponds-moi ,
C'est ton époux fidèle ;
Entends ma voix

Qui t'appelle.   (bis).

J'ai perdu, etc.

Mortel silence !
Vaine espérance !
Quelle souffrance !
Quel tourment
Déchire mon cœur !
J'ai perdu, etc.

SOPHIE.

Mais, mon frère, comme il s'agit ici d'amuser les enfans, on n'a pas voulu employer un air aussi plaintif. Tu te rappelles bien comme ils sont contens lorsque les diables de l'enfer crient au malheureux Orphée, qu'ils ne lui rendront pas sa femme, et qu'ils lui disent en chantant :

Tu n'auras pas, petit po-
lisson,

Ton petit cœur, ton petit
tendron.

CHARLES.

Qu'avoit-il donc fait,
ce pauvre musicien,
pour être si maltraité ?

LA MAMAN.

Comment ! vous avez
déjà oublié, mon fils, ce
que je vous ai fait lire

dans la mythologie, que
Pluton avoit mis pour
condition , en lui ren-
dant sa femme , qu'il ne
regarderoit pas derrière
lui , jusqu'à ce qu'il fût
sorti des enfers ; que le
malheureux Orphée ,
piqué du démon de
la curiosité, n'a pu s'em-
pêcher de tourner la tê-
te, pour savoir si sa fem-

me le suivoit, et qu'aus-
sitôt les diables sont
accourus pour la lui re-
prendre.

SOPHIE.

Voilà ce que c'est
que la curiosité ; c'est un
vilain défaut : je ne puis
supporter les gens qui
ont cette maudite pas-
sion.

*

LA MAMAN.

Il est vrai qu'elle porte presque toujours avec elle sa punition ; nous en avons un exemple bien terrible dans l'Histoire Sacrée : vous savez ce que je veux dire, ma bonne amie ?

SOPHIE.

Oh ! oui, maman ;

vous voulez me parler
de la femme de Loth,
qui fut changée en sta-
tue de sel, après avoir
regardé derrière elle,
contre la défense des
deux anges auxquels el-
le avoit donné l'hospita-
lité, et qui l'avoient sau-
vée, elle et ses deux
filles, de la ruine de So-
dôme.

LA MAMAN.

Ma fille, je suis ravie de vous voir une si bonne mémoire, et de trouver que vous fassiez un si bon profit des leçons qu'on vous donne. Demain Charles et Henri, qui n'ont pas beaucoup parlé aujourd'hui, nous

expliqueront la gravure
du magicien.

Le lapin.

Lyre d'Orphée.

DIALOGUE IX.

Le magicien Rothomago.

HENRI.

Voici le célèbre magicien Rothomago, qui, après beaucoup de sortiléges de sa façon, donne des ordres pour qu'il paroisse une jeune fille qui lui peigne sa barbe.

CHARLES.

Mais auparavant elle lui apporte un miroir.

HENRI.

C'est juste, et aussitôt qu'elle a eu fait ce que le magicien lui a commandé, celui-ci, courroucé de ce qu'elle l'avoit trouvé laid , l'a sur-le-champ enfermée dans une cage entourée de vautours.

CHARLES.

Qu'est - ce que c'est qu'un magicien , maman ?

LA MAMAN.

Il n'y a pas de magiciens, mon fils ; ce sont des êtres chimériques, créés par l'imagination des hommes, pour effrayer les badauds. Qui dit *magie*, dit pouvoir surnaturel, ou faculté de faire des prodiges ; or il n'appartient qu'à la Divinité d'enfanter des prodiges ou des miracles ; mais la sorcellerie est une grande ressource pour les théâtres de toute espèce.

SOPHIE.

Oh! oui, maman, car sans elle et la mythologie, nous n'aurions pas d'opéra. Les ballets ne sont eux - mêmes que la représentation d'une foule de prodiges opérés par des êtres imaginaires, tels que des faunes, des sylvains, des gnomes, des zéphirs, des nymphes, des amours, et enfin les habitans de l'Olympe, qui n'existent nul part, et qui ont sans doute été enfantés par la superstitieuse crédulité des anciens.

CHARLES.

Mais s'il n'y a pas de magiciens , comment Rothomago peut - il donc faire paroître et disparoître , à son gré, tout ce qui se présente devant lui ?

LA MAMAN.

C'est que Rothoma-

*

go a des personnes obli-
geantes , sous l'avant-
scène du théâtre et dans
les coulisses , qui , avec
le secours de machines
très-bien imaginées, in-
troduisent et emmènent
à leur gré les person-
nages sur lesquels ce ma-
gicien vous paroît avoir
tant d'empire.

HENRI.

Ah! j'entends cela : c'est par ces mêmes moyens que ce géant se décompose, et tombe pièce par pièce.

LA MAMAN.

Oui sûrement.

CHARLES.

C'est donc de cette

manière aussi, que la pyramide, qui me sembloit s'élever et disparoître au commandement de Rothomago, subit les changemens qu'elle éprouve.

LA MAMAN.

Sans doute ; mais en voilà assez de dit sur monsieur Rothomago :

il nous faut un peu ce
matin copier les exem-
ples que vous a donnés
votre maître d'écriture.
Demain, nous parlerons
de la **Place Maubert.**

La ruche.

Les deux lapins.

DIALOGUE X.

La Place Maubert.

LA MAMAN.

Henri, qu'est-ce que représente cette figure ? Pour vous dérouter un peu, je retourne aux marionnettes.

HENRI.

Oh ! maman, je sais parfaitement ce que c'est ; cette figure me rapelle ce que nous voyons tous les jours en allant à la pension : c'est la Place Maubert. Voilà la fontaine et la boutique du savetier, dont il est question dans la pièce

que l'on joue au théâ-
tre de Séraphin.

CHARLES.

Ah! je me rappelle
aussi de cette comédie.
En voilà le sujet, si je
ne me trompe : c'est un
homme à qui l'on de-
mande sa fille en ma-
riage, et il répond qu'il
n'a rien à lui donner, et

puis… Ma foi, je ne me souviens pas du reste.

SOPHIE.

Comment ! tu ne te rappelles pas qu'un instant après il passe un petit bon homme qui vend des listes de numéros sortis à la loterie, que le cordonnier en achète une, et qu'aussi-

tôt il voit qu'il a gagné
un terne.

HENRI.

C'est vrai, et puis ce-
la lui donne le moyen
d'avantager sa fille :
c'est pourquoi on voit
passer la noce conduite
par un violon.

CHARLES.

La mariée et son mari ouvrent la marche, et les conviés les suivent ; ils ont tous de beaux bouquets.

Que ce savetier a donc eu de bonheur de gagner ainsi à la loterie ! Oh bien ! moi, je vais économiser , pour y mettre tous les jours.

LA MAMAN.

Mon ami, vous auriez tort ; il est excusable à un pauvre malheureux de tenter par fois la fortune ; mais vous, qui ne manquez de rien, vous n'avez rien à donner au hasard :

*

c'est en étudiant, en tra-
vaillant, en vous ins-
truisant, que vous par-
viendrez à accroître vo-
tre aisance. Un enfant
qui se fait un devoir de
répondre à l'éducation
qu'on lui donne, qui
profite des soins que l'on
prend pour l'instruire,
ne se trouvera jamais
dans le cas de chercher

son bonheur dans les chances du sort ; il le trouvera dans lui - même. Le mérite est une source inépuisable de richesses ; et, quoi qu'on en puisse dire , des talens solides ne laissent jamais un homme au dépourvu. Voyez vos deux oncles : l'un est architecte, l'autre est médecin; et tous deux ont voiture. Votre cousin Alexis est destiné à la profession d'avocat, et s'il continue à se distinguer, comme il le fait, dans ses classes, il fera l'honneur du barreau, et vous le verrez un jour dans l'opulence : son frère aîné, au contraire, qui ne rêve que jeu et loterie, sera quelque jour à charge à sa famille, s'il ne change pas de conduite. Mais laissons-là la morale, et dites-moi, Henri, lequel aimez-vous mieux des Marionnettes ou des Ombres Chinoises de Séraphin.

HENRI.

Maman, j'aime mieux

les Ombres Chinoises.

LA MAMAN.

Quelle en est la raison ?

HENRI.

C'est qu'aux Marion-
nettes on voit les fils qui
font mouvoir tous ces
personnages de bois,
tandis qu'aux Ombres

Chinoises ils échappent
à la vue.

SOPHIE.

Henri pense comme
un homme raisonnable;
il est vrai que dans le
dernier cas l'illusion est
plus complète.

LA MAMAN.

Demain, donc, nous

passerons aux gra-
vures qui représentent
encore des Ombres Chi-
noises.

Les deux chats.

Bouquet de la mariée.

II

6

DIALOGUE XI.

La Poule plumée.

LA MAMAN.

Comme j'ai été très-contente de votre écriture, mes enfans, je vais assister à votre récréation, et vous expliquer la figure que vous voyez.

HENRI.

Oh! maman, je vois bien ce qu'elle repré-sente : c'est une femme qui plume une poule, et un homme qui la regar-de.

CHARLES.

C'est juste ; l'homme

qui est avec elle devoit
être régalé d'une bonne
andouille ; mais pendant
qu'il faisoit un tour de
jardin avec elle, le chat
l'a mangée ; et elle lui a
offert de le traiter avec
une volaille.

SOPHIE.

La manière dont cet-
te poule descend de l'é-

*

chelle, est vraiment é-
tonnante ; elle ne saute
pas un échelon, et je ne
puis   concevoir   com-
ment on peut ainsi ren-
dre la nature.

HENRI.

Comment ! ma sœur,
est-ce que ce n'est pas
une   véritable   poule ?
Mais j'ai vu envoler des

plumes de ses aîles, quand on la plumoit, ainsi que l'indique la gravure.

SOPHIE.

Non, mon frère, c'est une imitation pure et simple ; mais si fidèle, qu'il est impossible de dire si c'est l'œil ou le jugement qui se trompe , lorsqu'on assure que ce n'est pas une poule naturelle.

LA MAMAN.

Vous avez raison, ma fille ; mais vous ne dites rien de la générosité de cette femme, qui se défait de la plus belle de ses poules, pour régaler un de ses voisins : ne

voyez-vous pas en cela
un trait de désintéresse-
ment que l'on ne trouve
que dans la classe infé-
rieure du peuple? Cette
poule fait peut-être un
quart de la fortune de
cette pauvre femme :
eh bien! elle la sacrifie
au plaisir qu'elle a de
bien traiter un homme
qui n'aura peut-être ja-

mais le moyen de lui rendre la pareille. Dans la société des gens riches, au contraire, il ne se donne pas un dîner, qu'on ne calcule d'avance le nombre d'invitations qu'il produira, et s'il est une maison qui manque d'exactitude à cet égard, elle est effacée à jamais de la liste

des conviés. Il n'en est
pas ainsi parmi les gens
du peuple, et surtout
parmi les villageois. S'a-
git-il de fêter un parent,
un voisin même, ils
n'examinent pas s'ils re-
cevront la pareille; ils
ne voient que le mo-
ment présent, et s'em-
pressent de lui donner
ce qu'ils ont de meilleur;

ils imitent enfin cette pauvre femme, qui a tué la plus belle volaille de sa basse-cour, et qui, comme vous le voyez dans la gravure suivante, fait traire les vaches, qu'elle tient à loyer, pour lui servir du lait chaud et de la crême.

HENRI.

Mais si elle avoit tué

sa poule exprès pour cet homme-là, comme vous le dites, nous l'aurions entendue crier, puisque le poulailler est au-dessus de l'échelle.

CHARLES.

Aussi a-t-elle crié ; je l'ai très-bien entendue, moi, maman.

LA MAMAN.

Allons, voilà encore mes deux petits lourdauds ; on leur a dit que ce n'étoit qu'une fiction, une imitation, très-a-droite à la vérité, de la nature, et les voilà qui prennent pour la réalité, une ombre.

SOPHIE.

Et une ombre chinoise, encore.

LA MAMAN.

Mes enfans, j'ai promis aujourd'hui de vous mener au théâtre des Capucines, allez tous vous préparer ; vous vous amuserez beaucoup, puisqu'on y donne des pièces de Molière, et le fameux Pourceaugnac encore, qui a tant fait rire Charles, dimanche dernier. Demain, nous reviendrons aux gravures du théâtre de Séraphin.

Première vache.

Seconde vache.

Seconde vache.

DIALOGUE XII.

Gobemouche.

LA MAMAN.

COMME nous avons commencé nos entretiens par l'histoire de monsieur Polichinelle, il est bien juste que nous

les terminions en disant
encore un mot de ce
ce célèbre personnage.
Voyons, Charles, qu'a-
percevez-vous dans cet-
te figure ?

CHARLES.

Je vois, maman, Po-
lichinelle enlevé par le
diable.

HENRI.

Oh mon Dieu! oui, c'est bien là lui, et voilà Gobemouche qui le défend, en mordant les jambes du démon.

SOPHIE.

C'est un chien bien appris, que ce Gobemouche; il porte du secours à son maître avec un zèle et une ardeur incroyables, lorsqu'il le voit en danger ; mais je ne reviens guère de son acharnement contre u- ne espèce de manne- quin privé de tout senti- ment.

LA MAMAN.

Ce n'est sans doute

qu'après beaucoup de soins et de peines, qu'on est parvenu à faire prendre à ce chien de l'aversion pour la forme de ce diable, contre lequel on l'a agacé pendant beaucoup de temps.

HENRI.

Mais quel est donc, maman, ce démon qui

veut emporter Polichi-
nelle? Ce n'est sûrement
pas celui dont on mena-
ce les enfans qui ne
sont pas sages, et qui
n'ont pas de religion : ce
n'est pas, à coup sûr, le
démon de l'enfer.

LA MAMAN.

Oh! non, celui des
Marionnettes est un dia-

ble pour rire ; c'est le Lucifer de la fable ; et ce prétendu esprit malin ne fait de mal à personne : il n'en fait pas même à Polichinelle, qui est de bois et qui ne sent rien.

CHARLES.

Mais puisqu'aux Marionnettes les acteurs ne

sont pas des personnes naturelles, Gobemou-che est donc de bois comme les autres?

SOPHIE.

Ah mon frère! tu veux rire, je pense; quelque fidèle que soit le jeu des Marionnettes, quelqu'illusion qu'il fasse aux spectateurs, les ges-

tes de ces mannequins
sont encore bien éloi-
gnés de ceux de la natu-
re, et il n'y a que les
petits enfans qui puis-
sent s'y laisser trom-
per.

HENRI.

Ma foi, Polichinelle,
après que le diable est
terrassé, enfourche son

fidèle Gobemouche a-
vec tant d'adresse, il se
tient si bien à cru sur
son dos, que le meilleur
cavalier ne pourroit fai-
re mieux.

LA MAMAN.

Vous avez raison,
mon fils ; mais aussi
monsieur Polichinelle
est celui dont on a le

mieux soigné les mou-
vemens : c'est un pro-
dige dans son genre ;
c'est le phénix des pan-
tins.

CHARLES.

J'ai oublié de vous
demander , maman ,
pourquoi on donne à
Polichinelle une voix si
rauque et si enrouée.

*

LA MAMAN.

C'est que ce cory-
phée des automates ne
haïssoit probablement
pas le jus de la treille,
ainsi qu'il est aisé de le
voir à sa figure bour-
geonnée, aux morilles
dont son nez d'escar-
boucle est couvert, et
que quand les hommes

sont adonnés à la pas-
sion du vin, ils ont ce
qu'on appelle une voix
rogommée ; mais, mal-
gré ce grand défaut,
monsieur Polichinelle
n'en est pas moins le hé-
ros des mascarades et
des danses de caractère.
Nous ne taririons pas
sur ses louanges, si nous
voulions parler des fêtes

et des parties de plaisir, dont il fait les honneurs. Au surplus, si vous avez vu plus haut que Polichinelle avoit l'esprit querelleur, sur le théâtre, nous lui devons tous la justice de déclarer ici, qu'il vit, hors de la scène, dans la meilleure intelligence avec ses camarades, et qu'on peut

faire à tous les person-
nages que nous avons
vus, l'application de ce
que dit **Le Sage**, dans la
pièce des *Écritaux* :

> *Les acteurs y sont de ni-*
> *veau ,*
> *Aucun d'eux ne s'en fait*
> *accroire ;*
> *Les mâles au porte-man-*
> *teau ,*
> *Et les femelles dans l'ar-*
> *moire.*

Isabelle , sous le verrou ,
Laisse Colombine tran-
quille ;
Et Polichinelle à son clou
Ne cabale pas contre
Gille.

FIN DU TOME SECOND ET
DERNIER.

TABLE
DES MATIÈRES

Contenues dans le premier et dans le second tomes.

PREMIER TOME.

FIN DE LA TABLE.

www.ingramcontent.com/pod-product-compliance
Lightning Source LLC
Chambersburg PA
CBHW060810250626

47162CB00005B/1729